DESCRIPTION DU

MONT PILAT

PAR

JEAN DU CHOUL

nouvelle édition avec la traduction en regard

PAR

E. MULSANT

Enrichie de Notes

par

ALEXIS JORDAN, DRIAN ET MULSANT

LYON

N. SCHEURING, LIBRAIRE-ÉDITEUR

1869

DESCRIPTION

DU

MONT PILAT

INTRODUCTION

A famille Du Chal ou Du Choul, à laquelle se rattachent les Chal ou Choul, paraît originaire de la commune de Longes (canton de Sainte-Colombe, Rhône), où elle jouissait

d'une haute considération. Elle y possédait le fief de Jurary (1), situé près du bourg paroissial, sur la rive droite du ruisseau de Malleval.

Guillaume Du Choul, conseiller du roi et l'un des membres les plus distingués de cette famille, était né vraisemblablement vers la fin du xve siècle.

La ville de Lyon, en raison de son voisinage de l'Italie et des relations fréquentes qu'elle avait avec ce pays, fut la première à ressentir le mouvement littéraire qui s'opérait alors de l'autre côté des monts.

---

(1) Ce domaine de Jurary, comme l'a dit Cochard (*Notice historique et statistique sur Longes et Trèves*), fut vendu, en 1716, par les demoiselles du Terrail, héritières de noble Pierre Duchol, à Etienne Camus, écuyer, dont la veuve, Marie Robert, l'aliéna, en 1747, à Christophe Vitet, chirurgien à Condrieu, dont le petit-fils fut maire de Lyon.

Un certain nombre d'hommes distingués (1) se mirent alors à chercher, dans les travaux de l'esprit, des jouissances depuis longtemps oubliées ; et, entraînées par leur exemple ou peut-être pour rivaliser avec eux, de jeunes et charmantes femmes suivirent la même voie et marchèrent leurs égales (2).

Guillaume Du Choul fut un de ces écrivains lyonnais. Il habitait, à la montée du Gourguillon, une maison (3) voisine de

(1) Symphorien Champier, Maurice Sève, Jean Du Peyrat, Nicolas de Langes, etc., auxquels vinrent se joindre passagèrement Jean Voulté et Clément Marot.

Les imprimeurs lyonnais : les Gryphe, les Roville, les Dolet, etc., la plupart écrivains eux-mêmes, contribuèrent beaucoup à attirer à Lyon les littérateurs étrangers, par leur empressement à imprimer leurs œuvres.

(2) Claudine et Sibylle Sève, Clémence de Bourges et surtout Louise Charly, la Belle Cordière, plus connue sous le nom de Louise Labé.

(3) Cette maison fut vendue, en 1637, aux religieuses du Verbe-Incarné. (V. COCHARD, Guide, etc., p. 505. —

celle de ses amis, les trois frères Vauzelles (1), qui tous se sont fait un nom par
leurs nobles qualités, leur savoir et leur
amour des lettres.

Les médailles et autres objets d'antiquités
romaines qu'on trouvait fréquemment près
du lieu qu'il habitait et dont il aimait à faire

GUILLARD, *Précis chronologique de l'histoire de Lyon*,
inséré dans la *Revue du Lyonnais*, 1835, p. 445.) De nos
jours et jusqu'à l'année 1865, cette habitation était deve-
nue une maison d'institution, tenue avec distinction par
M. L. Guillard.

(1) Ces trois frères étaient : 1° *Georges*, chevalier de
Rhodes, l'un des intrépides défenseurs de cette ville assié-
gée par Soliman (ce Georges fut le généreux protecteur
de Jacques de Vintimille); 2° *Mathieu*, échevin de Lyon
en 1524, avocat général au parlement des Dombes de
1535 à 1557; 3° *Jean*, chevalier de l'église métropolitaine
de Lyon, et prieur commanditaire de Montrottier.

La branche principale de la famille de Vauzelles a
quitté Lyon depuis longtemps. Jean-Baptiste de Vauzelles
est mort, le 1er octobre 1859, président de la cour d'Or-
léans, où son fils Ludovic, auteur de la *Vie de Vintimille*
et de divers autres ouvrages, est aujourd'hui conseiller.

l'acquisition, les fouilles qu'il fit pratiquer dans son voisinage, portèrent Guillaume Du Choul à l'étude de l'archéologie, et il devint un des savants de l'époque (1).

Suivant l'usage du temps, il avait latinisé son nom en le transformant en celui de *Caulius* (2).

(1) Il a publié :

1° *Discours sur la castramatation et discipline militaire des Romains*. Lyon, GUILLAUME ROVILLE, 1555, in-fol., fig., auquel est joint : *Des bains et antiques exercitations grecques et romaines ;*

2° *Discours de la religion des anciens Romains*. Lyon, GUILLAUME ROVILLE, 1556, petit in-fol., fig.

Ces trois ouvrages sont ornés de figures en bois, par Salomon Bernard, plus connu sous le nom de *Petit Bernard*.

Les bibliothèques de La Croix du Maine et Du Verdier citent encore de G. Du Choul une *Epître consolatoire à madame de Chevrières*, imprimée par Jean Temporal, en 1555.

Il avait composé, en outre, divers opuscules restés manuscrits.

(2) Voyez *Comment. linguæ latinæ*, apud S. Gryphium, 1538, t. II, p. 1516, à l'art. *Imago*.

Jean Voulté ou Vautier lui a dédié la pièce suivante :

AD G. CAULIUM LUGD.

Qui summo veterem labore Romam,
Priscorum monumenta nec perire
Sinis, qui ob oculos theatra ponis,
Ludos et statuas, imaginesque
Signatas, fora, porticus, columnas,
Qui numismata Cæsarum, et triumphos,
Diversas hominumque factiones,
Ritus Pontificum, sacros honores
Urbis, munera, liberalitates,
Sumptus, delicias, opes, palæstras,
Luxus, stemmata, consulum et potentum
Fasces, quique Deum et Dearum et aras,
Qui spectacula, qui domos superbas,
Picturas, simulacra, qui figuras,
Qui urnas, qui cineres, trophea, circos,
Qui collegia, qui sodalitates,
Thermos, balnea, supplicationes,
Et qui denique nil mori vetustum
Cupis, sed veterem jubes renasci

Romam, obnoxia quæque funt ruinæ
AEvum perpetuas in omne, Cauli,
Tanti præmia quæ feres laboris ?

J. VULTEI, *Epigram.*, 1537, p. 248.

La date de cette épigramme montre que, dès cette époque, Guillaume Du Choul était un archéologue distingué ; cependant il n'a commencé à faire imprimer ses ouvrages qu'en 1555 (1), c'est-à-dire l'année où son

---

(1) Trompé par cette date, Du Verdier n'avait pu croire que l'auteur de l'*Histoire du Chêne* fût le fils de Guillaume, et l'avait cru son frère. La Monnoye a relevé cette erreur, citant avec raison le témoignage de Jean lui-même. Celui-ci dit, en effet, dans son traité *De varia quercus historia, etc.:*

Page 3, dans l'épître préliminaire : *Chariss. pater G. Du Choul, Allobrogum Præfectus, immortalitati nomen suum commendavit.*

Page 120, à la table : *Gulielmus Du Choul, auctoris pater.*

Page 51, en parlant de la couronne civique du chêne : *Harum rerum exempla G. Du Choul, Allobrogum Præfectus aut Balivus montium Delphinatis, pater char., in libro de Antiquitatibus Romanorum abunde protulit.*

fils Jean confiait à la presse son premier travail.

Cet ouvrage de Jean Du Choul a pour titre : *De varia quercus historia; accessit Pylati montis descriptio. Lugduni*, apud G. Rovillum, 1555, pet. in-8° de 126 pages.

Il fut reproduit, la même année, par Conrad Gesner, dans son ouvrage : *De raris et admirandis herbis. Turici*, apud Andræam et Jacobum Gesnerum, 1555, in-4°.

Jean Du Choul publia encore postérieurement :

1° *Dialogus formicæ, muscæ, aranei et papilionis.* Lyon, 1556, in-8°;

2° L'ouvrage suivant, cité par Du Verdier dans sa bibliothèque (t. Ier, p. 477) : *Dialogue de la vie des champs, avec une*

Epître de la vie solitaire. Lyon, Mermet, 1565, in-8°.

Alléon-Dulac, dans le tome Ier de ses *Mémoires pour servir à l'histoire naturelle des départements de Rhône et Loire*, a traduit une partie de ce qui regarde le mont Pilat. Le Dr Ozanam, dans le tome IV des *Archives du Rhône*, a donné de ce travail une traduction nouvelle, mais également incomplète, à laquelle feu Breghot a ajouté des notes.

Tous les ouvrages de Jean Du Choul sont devenus rares. Celui qui regarde le Pilat est curieux à plus d'un titre ; il sert à faire connaître l'état peu avancé dans lequel se trouvaient alors les connaissances humaines sous le rapport de la physique et de l'histoire naturelle.

Nous avons cru être agréable à quelques personnes en en donnant une nouvelle édition, précédée d'une introduction et suivie de notes en partie dues à nos savants amis, MM. Alexis Jordan et Drian.

DU

MONT PILAT

DE

MONTE PYLATI

EMMENUS mons in Pyrenen medios per campos recte perducitur, et in medio desinit prope Lugdunum ad stadia duo M. prolixus. Hic pro varietate locorum et gentium, sicut Ligusticum mare immutare frequenter nomen solet.

DU

MONT PILAT

L A chaîne des Cévennes (1) s'avance directement vers les Pyrénées, en traversant les champs du Midi et se termine près de Lyon, à deux mille stades de cette ville (2). Les anneaux de cette chaîne prennent différentes dénominations, suivant les lieux

Lugdunenses ex eo quidem (ut plurimi asse-
runt) sublime jugum habent incolis omnibus Pylati voce notum : et ab eo Judæorum rectore sic
vocatum fama vulgavit, qui Christum cruce affe-
cit. Verum ut ordiar ab initio, loci celebritas in
tanta Galliarum æstimatione, quanta Olympus
apud veteres Græcos fuisse fertur. Nam, præter
illa præclara et egregia quæ possidet, habet profecto aliquid fati, quod, nisi ei qui viderit, ne-
mini sit credibile. De varietate omnium rerum
quæ in his locis videantur, ne a veritate deflec-
tam, lituram quidem non addere institui.

Mons altissimus ex Oriente Viriacum, Bessam
pagum in occasu habet. Longitudo nemoris, quo
vestitur et ornatur, decem perficit milliaria : lati-
tudo stadia dena complectitur. Quæ colli adhæ-
ret altera sylva longe amplior, soli Pylatini non est:

et les peuples, comme la mer de Ligurie tire ses noms divers des contrées que baignent ses eaux.

Un des sommets les plus élevés de cette chaîne est appelé *mont Pilat* (3) par les habitants de ces montagnes ; et, suivant la tradition, ce nom lui viendrait de Pilate (4), ce gouverneur de la Judée qui livra le Christ au supplice de la croix. Quoi qu'il en soit, cette montagne jouissait, parmi les Gaulois, d'une célébrité égale à celle de l'Olympe, dans l'ancienne Grèce ; car, outre ses beautés et ses magnificences, elle offre des phénomènes mystérieux, difficiles à admettre si l'on n'en a été témoin. Mais pour ne pas m'écarter de la vérité, je me suis proposé la plus grande exactitude.

Le village de Virieux (5) se trouve à l'orient du Pilat, et celui du Bessat (6) à l'occident. Cette montagne est parée et couverte d'une forêt de dix mille pas de longueur, sur une largeur de dix stades. Une autre forêt plus vaste (7) se lie à

Intonsi montis radices abluit Doybius fluvius :
qui accessu rivorum jam grandis, Rhodanum
intrat; sed antea amni Gierio commiscetur. Ubi
Doybius hybernis nivibus intumuit, ex monte
demissus atque Pylatino digressus, quanto magis
procedit, huc et illuc dispergitur,

Primo tantæ silvæ accessu sunt Doysienses a
Doybio modico flumine, religione clari homines,
opibus infimi, nec apud eos pro probro pau-
pertas habetur; quapropter animus harum gentium eodem modo quæstui et sumptui deditus.
Ingens ille locus magno illis est usui ; ligneamque
supellectilem ubi confecerint, ne per otium
torrescant manus, impuberes in urbem depor-
tant. Frumenti enim et pecuniarum egestas stre-
nuos esse jubet.

celle-ci, mais ne fait pas partie du territoire de Pilat.

Les eaux de la Doyze (8) baignent le pied de cette montagne boisée. Ce ruisseau, grossi par ses affluents, se jette dans le Rhône, après avoir réuni ses eaux à celles du Gier. Quand la Doyse est enflée par la fonte des neiges, elle mugit en descendant du Pilat, et s'élance comme un torrent furieux, en inondant çà et là les campagnes.

Les habitants les plus rapprochés de ces forêts sont ceux de Doyzieux. Ce village tire son nom des eaux qui baignent ses murs. Ces montagnards sont remarquables par leur esprit religieux et par la pénurie de leurs ressources; mais la pauvreté, chez eux, n'est pas un déshonneur; de là vient leur âpreté au gain et leur parcimonie dans la dépense. Ces vastes forêts leur offrent de grandes ressources. Au lieu de rester inoccupés, ils confectionnent des ustensiles de bois que leurs enfants vont vendre à la ville. Le

Quod attinet ad victus rationem rusticæ plebis, maxime tenues fructibus aluntur, et pecori plerumque parcitur : impensis alienis aiunt edaces esse.

Festo die, cum e sacris ædibus redeant, more majorum suorum invicem epulari consuescunt, ludere, saltare, luctari.

Agrestes illi contra fervidos æstus aut rigorem frigoris eadem semper induti toga, calceamentis fere semper centum adacti clavi, ne cito terantur. Ut verum dicam, illustrius est veste ingenium.

Mulieres satis venusta forma : illæ psallere in sylvis, et saltare manibus nexis patrio equidem ritu bene norunt, Pane canente, tibiisque varie sonantibus : unus eis et idem perpetuo motus,

manque de blé et d'argent les force à être
laborieux.

. Quant à la nourriture de ces paysans, les plus
pauvres vivent principalement de fruits ; ils tou-
chent rarement à leurs troupeaux (9); mais on les
dit moins sobres à la table d'autrui.

Les jours de fêtes, après les saints offices, ils
ont coutume, suivant l'usage de leurs ancêtres,
de s'inviter mutuellement à dîner ; puis, après le
repas, de s'amuser à divers jeux, à la danse et à
la lutte.

Ces campagnards portent toujours le même
habit, pour se défendre des chaleurs de l'été ou
des rigueurs de l'hiver. Leurs souliers sont gar-
nis d'une centaine de clous, pour ne pas s'user
facilement ; mais, à vrai dire, leur esprit est
moins grossier que leur vêtement.

Les femmes ont des formes assez belles. Elles
aiment à chanter dans les bois, à sauter en se
tenant par la main et, suivant la coutume du
pays, elles savent aussi danser au son de la voix

vibrantur in altum brachia, iidem pedes, manus
tum demum protendunt: omnis saltatio vehemens.

Nondum juncti conubio juvenes, *Bacchelar-
dos* vocant (festive dicamus à Baccho derivatum
nomen), *Caligneros* in Provinciis nominant eos,
qui vehementer amant.

Tam amænum igitur solum magno nobis erit
in pretio, licet benignius sapinos quam homines
alat. Est profecto terra ipsa pabuli potius quam
frumenti ferax.

Via qua itur ad Pylati verticem, primum præceps
et contorta, ubique fructicibus cincta. Locus, si
verius loqui decet, sua natura parvis in ordinem
distinctus collibus, qui quasi ex industria simul
annexi sunt, nunc ad buccinam recurvi, et ali-
quando in dorsum elati, aliqui in orbem cir-
cumacti: alius alio procerior, frequens ascensus,
crebrior descensus.

et du chalumeau, en portant les mains et les pieds en avant; toute leur danse est très-animée.

On donne aux jeunes gens non mariés le nom de *Bachelards* (10) (dénomination que nous dirions, en riant, dérivée de Bacchus), comme en Provence, on appelle *Calignaires* ceux qui sont passionnément amoureux.

Ce pays agréable nous sera toujours cher, quoiqu'il nourrisse plus libéralement les sapins que les hommes. La terre y est plus fertile en pâturages qu'en moissons.

Le chemin qui conduit au sommet du Pilat est d'abord escarpé et tortueux, et bordé de tous côtés d'arbustes. Il présente une suite d'élévations qui semblent formées et unies par l'art, plutôt que par la nature. Les unes semblent recourbées en forme de trompe; quelques-unes ont parfois un dos élevé; d'autres, une croupe arrondie en hémisphère. L'inégalité de ce chemin oblige le voyageur a monter et à descendre continuellement.

In gremio rupis jacet uda illa et quiescens palus, quam Pylati puteum vulgus nuncupat. De hoc multa et varia incolæ prædicant, Pylati monumentum arbitrantes : et ab eo horridam tempestatem primum inchoare referunt. Quantum ego observare potui, id falsum esse contendam.

Nam in vertice Pylatini nemoris fit hujusce rei conjectura. Procreatur enim nebulosa quædam exhalatio, quæ statim aut futura tonitrua, vel imbres significet. Fit præsagium hoc pacto : si caligo aquilone flante in altum consurgat, sudum denotat : aliter considere continenter solet, et hoc pluviæ manifestum signum. Sunt qui dicant indicium pluviæ ex *Bausseverio* imprimis oriri. Locus est a palude stad. centum.

De hac re fatali ipse mecum sic cogitabam, ut liquore e terra egresso, in sublime tollatur

Au sein des rochers est une eau stagnante, une sorte de marécage, appelé par les habitants du pays : *Puits de Pilate*. Ils en racontent des choses étonnantes ; ils le regardent comme le tombeau de l'ancien gouverneur de la Judée ; et, suivant eux, c'est lui qui soulève d'horribles tempêtes. Cette assertion est une fable, autant que nous avons pu nous en convaincre.

Voici les conjectures qu'on peut former à l'égard des forêts du mont Pilat. Il s'élève parfois des brouillards épais (11) qui annoncent, de suite, ou des tonnerres prochains ou la pluie. Si le vent du nord chasse ces vapeurs vers la cime, c'est un signe de beau temps ; autrement, elles ont coutume de rester en bas, et c'est alors un indice certain de pluie. Il en est qui disent que les premières menaces de la pluie viennent du côté de *Baussevier* (12), éloigné de cent stades du puits ou marais de Pilate.

Nous pensions en nous-mêmes, relativement à ce phénomène, que l'humidité sortie de la

fumida quædam exhalatio , quæ radiis solis fugata ejusdem calore dissolvatur. Penetrabile sua natura id solum respirare videtur : quod si quis dicat abietum causa id maxime fieri, quasi sapini ex suis visceribus, ex suis alimentis hoc ipsi terræ concedant. Quid respondeamus paratum est. Mirum est, dicet quispiam, cur in reliquis nemoris Pylatini partibus eadem non generetur nubecula : an quod locum proprium sortita fuerit, cui partes reliquæ humorem subministrent? Aperti illi hiatus terræ vaporem reddunt ad quos coguntur, aut vento aut aere incluso, vel natura, aut facili reperto itinere, aut consuetudine quadam, vel divinitus reliqui accedere.

Physicas rationes philosophis hominibus relinquo. Quando divina factum est providentia,

terre forme, en s'exhalant, des vapeurs épaisses, qui se volatilisent sous l'influence de la chaleur des rayons du soleil. Le sol, perméable de sa nature, semble respirer. Si quelqu'un voulait attribuer cet effet principalement aux sapins, qui rendraient ainsi à la terre l'humidité contenue dans leur sein et celle qu'ils ont puisée dans le sol, notre réponse serait prête. Il est singulier, dirions-nous, qu'il ne se forme pas de semblables brouillards dans aucun autre endroit des forêts du Pilat; ce lieu aurait-il la propriété de recevoir l'humidité de toutes les autres parties? Les pores du terrain sont forcés de rejeter ces vapeurs, soit parce qu'elles sont chassées par l'air ou par le vent contenu dans le sein de la terre, soit par la nature du sol ou par le passage facile qu'elles trouvent, soit enfin par une certaine coutume ou par un effet de la volonté divine.

Je laisse aux philosophes l'explication des causes physiques. Quand un fait est dû à la

quid juvat sese torquere et disquirere? Sciunt
aliqui cur sit in AEtna, monte ignis perpetuus?
Cur magnes. ferrum secum trahat, virum arbitror scire neminem.

Redeo ad id unde divertimus.

Pylati puteus sive palus ruderibus aut quis-
quiliis repleta fuit, ne quid detrimenti pecora
caperent. Matronæ lepide quidem dixerunt, quodam in quadrivio pastorem olim in palude cum
ovibus submersum, nec amplius visum; pueri
confirmant, casu quodam, post aliquot dies
fuisse in Rhodano repertum.

Quid sit Pylati puteus incolæ in hunc usque
diem ignorarunt: primus ipse dicam perquisita
diutius re et mox inventa. Puteus ergo qui sic
dicitur, Gierii fluminis modici, dequo sumus
loquuti, vera profecto origo est. Hujusce fluvii
tanta est nobilitas, ut secum vehat aurum quasi
sit in monte ante congenitum.

divine Providence, à quoi bon se tourmenter et
en chercher la cause? Y en a-t-il qui savent
pourquoi les entrailles de l'Etna renferment un
feu éternel? Aucun homme, à ma connaissance, ne
pourrait nous dire comment l'aimant attire le fer.

Je reviens à mon sujet.

Le puits ou marécage de Pilate a été comblé
par des débris de rochers et par des matériaux
divers, pour préserver les troupeaux d'acci-
dents. De bonnes femmes racontaient un jour,
dans un chemin, qu'un berger engloutit dans le
marais, avec son troupeau, n'avait pas reparu.
Des enfants confirmant ce récit, ont ajouté que
le cadavre de ce malheureux avait été, quelques
jours après, trouvé dans le Rhône.

Qu'est-ce que le puits de Pilate (13)? Les
habitants ignorent encore aujourd'hui ce que
c'est. Nous dirons que nous avons été le premier à découvrir ce mystère si longtemps cher-
ché. Le puits qui porte ce nom est la source de
la petite rivière du Gier, dont nous avons déjà

Plinius fluminum ramentes inveniri aurum, tradit, ut in Tago Hispaniæ, Pado Italiæ, Hebro Thraciæ, Pactolo Asiæ, Gange Indiæ : Galliæ flumina prætermisit. Nam in Rhodano inventum vidi aliisque fluminibus. Arpalones (ita vocantur apud nos qui aurum investigare assuescunt) docent præcipue esse illis in fluviis Galliæ, qui sunt articulo grammaticorum masculi. Rhodani aurum ita purgare solent : arenæ, quæ ex ripa fluminis absumptæ sunt, diutius culco agitatæ multoties lavantur, atque hydrargyro superinfuso ac mox adusto, quod fuit repertum elucescit. Nihil, ut arbitror, referre potest an proprie sint rudera aut ramenta, sabulum vel lutum.

parlé. La noblesse de cette rivière est telle, qu'elle roule de l'or, comme s'il s'était formé d'abord dans le sein de la montagne (14).

Pline rapporte qu'on trouve de l'or dans les sables de certains fleuves : dans le Tage de l'Espagne, le Pô de l'Italie, l'Hèbre de la Thrace, le Pactole de l'Asie, le Gange de l'Inde ; il n'a pas parlé des fleuves de la Gaule ; j'ai cependant vu de l'or tiré du Rhône et de quelques autres rivières de ce pays. Les *orpailleurs* (on nomme ainsi, chez nous, les gens adonnés à la recherche de l'or) nous apprennent que ce métal existe principalement dans les cours d'eau de la France qui sont du genre masculin. Les habitants des rives du Rhône l'obtiennent de la manière suivante : le sable enlevé des bords du fleuve est longtemps agité dans des sacs de cuir ; après plusieurs lavages, ils versent une certaine quantité de mercure qui s'amalgame avec les parties d'or, dont on le sépare par la sublimation. Peu importe, je crois, que les

In Gierio alius solet modus observari. Viri ad dimidias usque nates aqua teguntur, manuque apprehendunt arenas, in quibus si fuerit aurum, statim refulget in magnitudinem milii.

Tam magnifici auri inventores raro innocuam illam fortunam extollunt, dies noctesque accusant, arguunt ut ridiculam et fallacem. Certum ædepol, in vitibus colendis amputandisve uberius esse lucrum quam in pretiosi auri cupidissima pervestigatione. Spes tamen tantæ mercedis, immo nominis quosque allicit, et in se retinet occupatos.

Adamas cum ferrum ignemque contemnat, quis nescit auro adamantinas perfringi fores? Bona quibus vivimus, auro quidem comparantur.

alluvions dans lesquels on le cherche soient du gravier, des brindilles, du sable ou de la boue.

Dans le Gier, on a coutume de suivre une autre méthode. Des hommes, plongés dans l'eau jusqu'à la ceinture, ramassent le sable à pleines mains, et, s'il renferme quelques paillettes d'or, elles se décèlent aussitôt par leur éclat, eussent-elles la petitesse d'un grain de mil.

Les perquisiteurs de ce métal si précieux ont rarement l'occasion de glorifier la fortune ; le plus souvent, ils ne cessent de l'accuser et de la traiter de vaine et de trompeuse (15). Il est certain qu'ils trouveraient un profit plus assuré à cultiver et à tailler la vigne, qu'à rechercher cet or précieux. Cependant l'espoir d'être largement payés de leur peine, que dis-je? le nom seul de l'or les attire et les enchaîne à ce labeur.

Quoique le diamant brave le fer et le feu (16), qui ne sait qu'avec l'or on obtient le diamant? L'or, en effet, nous procure tous les biens dont nous avons besoin.

Superiori palus altera *Baviser* annecti potest :
plus tamen sceleris, quam amœnitatis habet :
idcirco de ea non libet plura dicere. Novum
crimen, nefarium, admirandumque facinus, no-
vam tormenti alicujus inventionem quid interest
significare mortalibus? Utinam impiorum scele-
ratorumque vita non extaret, non facta legeren-
tur.

Ad id quod est dictu non indignum festinat
narratio.

Fons prope solitudines tantæ frigiditatis conspicitur, ut bibentibus intumescant ora, manus in
eo continere propter rigorem non licet: exhausta
lympha, ut perhibent, nunquam minuitur, neque
infusa augetur. Ferunt illam aquam crebris lapidibus percussam, certo anni tempore, cogi statim
tonitrua. Non scire, non divinare potui qua po-
tissimum causa id accidat.

Nous pourrions joindre à l'histoire du puits de Pilate celle d'un autre marécage, situé au-dessus, et appelé *Baviser* (17) ; mais on y trouverait plus de choses horribles à raconter que d'agréments : nous n'en dirons donc pas davantage. Qu'importe de révéler aux hommes un crime, un acte abominable ou étonnant, un nouveau genre de tourments. Plût à Dieu que la vie des impies et des scélérats n'eut pas été écrite, on ne lirait pas le récit de leurs forfaits !

Je me hâte de revenir à mon sujet.

Dans le voisinage de ces solitudes, est une fontaine d'une froideur telle (18), qu'elle fait gonfler la membrane muqueuse de la gorge de ceux qui en boivent ; on n'ose pas y plonger les mains, tant elle est glaciale. On raconte qu'on ne peut en diminuer le volume, ni en élever le niveau en y versant de l'eau. On dit encore, qu'à certaines époques de l'année, en y jetant beaucoup de pierres il se produit des

2.

An frequenti ictu luctari flatus in nubibus
possunt? frigida calidis, siccis humida pugnare?
Quiescit fortasse perpetuo ex parte aëris anceps
tonitru, eamque sibi propriam elegit sedem diro
ostento. Itaque lacessitum vicinorum quadam
verberatione, cito murmurare et uno impetu
tonare incipit. Sed generatum quo pacto latere
potest, inquit sophista acutissimus, ut non cor-
ruat motus mixtus et violentus? Si omnia quæ
moventur, cum pervenerunt ad proprium locum,
quiescant, suum domicilium invenisse credatur.

Quæ ex alto sunt et Physici et ignari hominis

tonnerres (19). Il m'a été impossible de découvrir et de supposer la cause de cet étrange phénomène.

Des coups fréquemment répétés peuvent-ils établir des courants d'air qui agiraient sur les nuages? Se formerait-il un combat entre le froid et le chaud ; entre le sec et l'humide? Peut-être le tonnerre flottant se trouve-t-il continuellement à l'état latent dans cette partie de l'air, et y a-t-il choisi sa demeure par un pouvoir mystérieux. C'est pourquoi, quand il est provoqué par certains bruits voisins, il commence aussitôt à murmurer et à faire entendre ses grondements. Mais, dira sans doute quelque sophiste pointilleux : s'il est déjà formé, comment peut-il rester à l'état latent, sans qu'un mouvement violent n'agite l'air? Si tous les corps qui se meuvent entrent en repos, quand ils sont parvenus dans le lieu qui leur convient, on peut croire qu'il a trouvé son domicile.

Les choses d'en haut dépassent l'intelligence

mentem superant. Mutationes temporum, cursus astrorum, rerum vicissitudines, terras et maria, ipsumque hominem, totumque mundum unus Deus regit et moderatur. Quæ autem extat mortalium eruditio, ex improbo quodam labore est, et mente prope divina, longaque rerum observatione.

Et illis sane plurimum debemus, qui cruciatus omnes corporis, omnem vim ingenii in litteris ampliandis posuerunt.

Postquam in naturæ prodigiis sumus, ac pene de re fatali disserimus, ordine quod est reliquum prossequamur.

Extat hodie fatalium domus, quæ vocem illam antiquam, *Des Fages*, retinet, palatium procul a sylva V. M. pass. mea sententia id vetustissi-

des physiciens, aussi bien que celle des igno-
rants. Dieu seul gouverne et dirige le change-
ment des saisons, le cours des astres, les vicissi-
tudes des choses, les terres et les mers, l'homme
lui-même et l'univers tout entier. Quant à la
science des mortels, elle est le résultat d'un
travail opiniâtre, d'une longue observation de la
nature, ou le produit d'une intelligence presque
divine.

Et certainement nous devons beaucoup à ceux
qui, au prix des souffrances du corps, ont con-
sacré les puissances de leur esprit à agrandir le
domaine des lettres et des sciences.

Puisque nous en sommes aux merveilles de la
nature et que nous dissertons sur des phénomènes mystérieux, nous allons continuer à dire
ce qui nous reste à connaître de cet ordre de
choses.

Aujourd'hui encore existe la maison des fées
qui a conservé l'ancien nom de *maison des Fé-
ges* (20). C'est à mon avis un palais fort ancien

mum est : tantarum ædium magnificam sumptuo-
samque excellentiam demonstrat satis quæ super-
est luctuosa ruina. Nocturni Lemures basilicam
illam (ut aiunt) diutius frequentarunt. Ego cum
adfuissem, ejusmodi ludibria non vidi. Non me
præterit tamen dæmones in ædibus privatis aut
publicis esse, super aquas, etiam in agris.

Non longe a villa nostra, immo nostro in
fundo, locus nomine *Torropanes* a nostris rusticis
perbelle in vico Longiarum colitur, illustratur et
nostro amœnissimo nemore. A terrore panico
fundum illum dictum putaram, quasi sit verisi-
mile Pana Satyrosque agrum illum habitasse. Fru-
giferos et admodum fertiles habet campos, quædam etiam invia et aspera. Sed crebri fontes et
rivuli decorem et ornamentum præbent. Solum
hoc (ne quis ab historia me putet discedere) in
ostiis Pylatinæ sylvæ jacet. Pluribus ego divitiis

situé environ à cinq milles de la forêt. Ses ruines en deuil attestent assez quelles furent la magnificence et la somptuosité de ce vaste édifice. Des Lémures ont longtemps fréquenté cette *basilique*, comme on l'appelle. Quant à moi, quoique je l'aie visitée, je n'ai rien vu qui puisse faire croire à leurs apparitions. Je n'ignore cependant pas qu'il existe des esprits de malice dans les édifices publics, dans les maisons particulières, dans les champs et sur les eaux.

Non loin de ma maison de campagne, dans mes terres même, il existe un lieu appelé *Torropanes*, orné de bois charmants qui m'appartiennent, et singulièrement vénéré de nos villageois de Longes. Je penserais que son nom viendrait de *terreur panique* (21), comme si Pan et les Satyres avaient habité ce lieu. Cette campagne a des terres fertiles et qui produisent de beaux fruits. Quelques parties cependant sont incultes et d'un accès difficile; mais de nombreuses sources et des ruisselets en font la parure et l'or-

libenter id decorarem, sed vereor ne vehemens nostrarum rerum opinio, quibusdam suspecta foret.

Formidabilis suo verbo prominet pagus, monti finitimus, *Tartara* hodie incolæ vocant, nec immerito. Nam agrestes illi carbonarium negotium exercent, et subteraneis quasique cameratis montium in antris carbones effodiunt. Colles opere nunquam nudantur, si quis recte disquirat.

Gradatim ad ipsum fastigium conscendamus. Est in eo late diffusus campus qui subinde frangit se in duo cornua, majore Rhodanum prospicit, cœlumque fulcire videtur : altero sinuat reliqua.

nement. Cette propriété (pour qu'on ne croie
pas que je m'éloigne de mon sujet) est située à
l'entrée de la forêt de Pilat. Je l'embellirais vo-
lontiers d'une description brillante ; mais je crain-
drais que l'opinion trop favorable que j'en ai ne
fût suspecte à quelques personnes.

Sur les confins de la montagne, s'élève un
village d'un nom formidable : les habitants le
nomment encore aujourd'hui *Tartaras* (22) ; et
ce n'est pas sans raison, car ces villageois font
un commerce de charbon, et ils l'extraient dans
les flancs de la montagne, à l'aide de galeries sou-
terraines. La superficie des terres, comme on
peut le voir, n'est jamais dénudée par leurs travaux.

Montons au sommet de la montagne. Là,
s'étend au loin un large plateau, qui se partage
bientôt après en deux mamelons. Le plus grand
regarde le Rhône et semble soutenir le ciel ;
l'autre forme une courbe et borne le reste de
l'espace.

Est locus, *Agenoliere.* Is confertus multis lapidibus pro colle habetur.

De oraculo D. Sabini cum constans non sit fama, non est hominis ingenui aliquid incerti referre.

Scio equidem ut si quis se in orbem vertat, sensim propendere reliquos montes, modo vertice striatos, nunc in mucronem emissos, nunc imbricatim coëuntes arbitretur.

Ab ortu est porrectus alius collis satis de se consurgens, intus quasi replicatus, foris effusus, quo magis surgit, exilior. *Tridens* appellatur ingens, id et horrendum saxum nullis obductum herbis, pruinis ac nebulis pascitur. Nullus ad id accessus : diceres pro abietum custodia cogenitum. Omnium rerum sunt quædam in alto secreta.

Il est un lieu appelé *Agenolière*. C'est un monticule couvert de pierres, et considéré par là comme un coteau.

Ce qu'on raconte de l'oracle de Sabin (23) n'ayant rien de certain, il ne convient pas à un homme sérieux de rapporter les choses douteuses.

Je n'ignore pas que si l'on tourne en cercle autour de soi, peu à peu on croit voir les montagnes s'incliner, tantôt crénelées sur leurs cimes, élancées en pointe, ou unies en formant des ondulations sur leurs flancs.

A l'orient, s'étend un monticule qui semble sortir de sa base, se replier en dedans, se répandre au dehors, et s'amincir en s'élevant; on le nomme *Trident* (24). Ce rocher affreux et dénué de végétation, se couvre de nuages et de frimats; il est inaccessible : on le dirait créé pour garder les sapins. Il cache sans doute dans ses profondeurs quelques-uns des secrets des choses.

Eadem via tugurium apparet non solum silentio, sed cogitationibus deditum. Qui abietum asseres concinnant aut serrant, in eo pro more habent epulari. Hoc ferarum magis quam hominum receptaculum assuevit regere insigni corporis mole vir, expers humanitatis, vegetis oculis, impexis crinibus, demissa barba, squallidus, pannisque obsitus, pectore semper aperto et muscoso, ut vix inter sapinos dignosci possit. Hic loquentia promptus, facie enormi potius quàm honesta ac liberali, caperata fronte, euntes aut abeuntes proposito pignore ad luctam invitat. Tam robustus pentathlus quos vibrare fertur silices, durissimis in arboribus remanent. Quid humeris deportarit scit ipse Atlas, Bacchus vero quantum vini uno prandio hauserit. Pro condimento illi perpetua quædam fames quæ etiam vulgaria vorare videatur.

Sur le même chemin, on rencontre une chaumière (25), consacrée non-seulement au silence,
mais encore à la rêverie. Les ouvriers qui cou-
pent ou scient les sapins ont coutume d'y pren-
dre leurs repas. On là croirait le repaire des
bêtes sauvages, plutôt que la demeure des hu-
mains. Celui qui l'habite d'ordinaire semble n'a-
voir rien de l'homme. D'une corpulence exces-
sive, l'œil ardent, la chevelure en désordre, la
barbe longue, l'extérieur malpropre, il est couvert de haillons, et sa poitrine, toujours nue,
est si velue, qu'on la prendrait pour le tronc
mousseux d'un sapin. Ce colosse est très-bavard;
d'une physionomie plus étrange que douce et
bienveillante. Ce vigoureux athlète, au front re-
frogné, défie à la lutte les allants et les venants,
en leur proposant un enjeu. Il lance, dit-on, des
pierres avec une telle force, qu'elles restent in-
crustées dans les arbres les plus durs. Atlas con-
naît seul le poids dont ses épaules peuvent se
charger, et Bacchus le vin qu'il peut engloutir

In numero partium jure quodam collocandus
Calcis mons propter excellentiam conspicuus et
quo Graii illi agricolæ gloriari medius fidius possunt. Ludit in multis rebus natura. Sponte quadam ubique fractus modo opacum, modo apri-
cum locum præbens : quasdam intrinsecus de-
clives vias, quæ per muscosos gradus varie scin-
dantur. Bestiolis locus est ille tutus, quibus sine
periculo homines insidiari non queant. Herbis
gratissimum perfugium, facile sine pœna legi non
possunt. Collis amœnitas ad contemplationem
obvios tantum invitat : hunc enim conscendere
homines nec scalis possunt. Herbidæ avium illæ
sedes, vimineque; circum latebræ, et in umbo-
nem turgidæ partes, quasi gemmatæ, abeuntes
ne cito transeant remorantur. Nihil a natura pro-
creatum sine aliqua occultiore causa.

dans un repas. Son appétit insatiable lui sert
d'assaisonnement pour dévorer les mets même
les plus grossiers.

Au nombre des merveilles de Pilat il faut pla-
cer le *Calcis* (26), à cause de ses rares qualités;
et, par ma foi, ces *grecs* peuvent à bon droit en
être fiers. La nature s'y joue de mille manières.
Cet amas de pierres semble un rocher qui s'est
spontanément déchiré (27); il offre des lieux
soit ombragés, soit exposés au soleil, et dans ses
replis, des sentiers en pente, diversement entre-
coupés de gradins couverts de mousse. Ce lieu
est un asile assuré pour les animaux, auxquels
l'homme ne pourrait, sans péril, tendre des
piéges. C'est un abri très-agréable pour les
plantes, qu'on n'y pourrait cueillir sans être
exposé à s'en repentir. Le voyageur doit se bor-
ner à contempler les agréments de ce lieu, car
on n'y peut monter, même avec des échelles.
Ces lieux couverts d'herbes épaisses sont le
refuge des oiseaux. Autour, s'étendent des re-

Ad Fossas subsequitur locus, quasi ad Cannas dixeris, propter atrocem cladem. Cæse prostratæque copiæ, ad fossas hostium sepultus exercitus. Qua ætate vel queis cum gentibus bellum hoc gestum fuerit, non satis constat.

De plantis nunc dicere convenit. Illæ delectationis aut valetudinis tuendæ gratia procreatæ, silentio non debent prætermitti. Primum quoniam novitate homines ducuntur, has tradamus oportet, quæ a majoribus, ut arbitror, non fuerunt cognitæ.

Herba deserta, gentili voce, nomen latinum nondum invenit; folia habet pinus sed admodum brevia natura humi spargitur : hac evulsa abigi tonitrua volunt, vel quæ hanc secum ferant infœcunda sunt animalia, si rusticis credatur.

traites couvertes d'arbrisseaux; des roches sail-
lantes et comme étoilées de diamants en rendent
les passages difficiles. Rien n'a été produit par
la nature, sans une cause mystérieuse.

Du Calcis on descend aux *Fosses*; localité
qui rappelle, comme Cannes, le souvenir d'une
défaite sanglante. Une armée y fut taillée en
pièces et y trouva son tombeau; mais on ignore
l'époque de cette défaite et le nom des belligé-
rants.

Maintenant il convient de parler des plantes.
Créées pour notre plaisir ou pour la conserva-
tion de notre santé, on ne peut les passer sous
silence. Les hommes étant attirés par la nou-
veauté, nous citerons d'abord celles qui semblent n'avoir pas été connues de nos ancêtres.

Celle qu'on appelle dans le pays *herbe déserte* (28), n'a pas encore une dénomination
latine. Elle a de très-petites feuilles semblables
à celles du pin, et se montre disséminée sur le
sol. Au dire des villageois, elle possède, après

3

Lucas Gihnus *Cacaliam* appellavit, quæ passim nemore Pylatino legatur, folio latissimo, parte altera candicante. Agrestes initium diræ tempestatis ex ea præsagiunt, cum folium sensim labatur flectaturque.

Sambucum montanam nominant aliqui eo in luco frequentem, fructu uvarum modo congesto, rubente, et sine umbella.

In ipso pene montis umbilico passim conspicitur humilis admodum frutex, *Airelles* aut *Aurelle* nominant. Claudius Miletus græcis latinisque litteris doctus medicus Lugdunensis quid esset *Aurelle* libenter me docuit. Est enim, inquit, *Vitis Idæa* Theophrasti, quam vocant *Phalacras*, fruticosa, virgis parvulis et ramulis cubitalibus fere exporrigitur, quibus acini laterales nigri adhæ-

avoir été arrachée, la propriété d'éloigner les tonnerres et de rendre inféconds les animaux qui en portent sur eux.

Luc Gihni (29) a donné le nom de *Cacalia* (30) à une plante que l'on trouve partout dans les forêts de Pilat. Ses feuilles sont larges et blanchâtres au revers. Les montagnards disent que lorsque ses feuilles fléchissent et s'abaissent, c'est l'indice d'une grande tempête.

On appelle *Sureau des montagnes* une plante commune dans les bois ; ses fruits sont sucrés comme des graines de raisins, et non disposés en ombelles.

Presque au centre des bois du Pilat se montrent partout des arbrisseaux peu élevés. On les nomme *Airelles* (31) ou *Aurelles*. Claude Millet (32), savant médecin lyonnais, versé dans les langues grecque et latine, a eu l'obligeance de m'expliquer ce que c'était que l'airelle. C'est, dit-il, la *Vigne de l'Ida* (33) de Théophraste, appelée *Phalacras*. Elle se développe en petites

rent, magnitudine fabæ, dulces, qui lignum vinacei modo intus continent, folium rotundum, parvumque. Itali (ut accepimus) *Uva dolce* hanc vocitant. Huic vis inebriandi, ut experti sunt aratores. Cum dicat Theophrastus magnitudine fabæ, sciendum est fabæ nomen apud Græcos pisum nostrum significari.

Nascitur ad latera montis, sed admodum raro, *Treilly. Tillam* arbor vulgo dicta : fœminam nonnulli vocant, alii *Sorbum torminalem*, alii *Lothi* speciem esse dicunt. Est hæc humilis, materie quasi nigra, fructus maturo luteus color, suo quisque annexus pediculo in formam cerasi dependet : sero manditur, sed suavi sapore. In septem partes fere semper dissectum folium, non tamen æquis portionibus, media linea intercursante, notam majoribus non crediderim.

branches et en rameaux longs d'environ une
coudée, portant sur les côtés des graines noires
de la grosseur d'une fève, douces au goût, et
renfermant des pepins semblables à ceux des
raisins. Les feuilles de cet arbrisseau sont rondes
et petites. Les Italiens, comme nous l'avons
appris, nomment l'aireile *Uva dolce :* son jus
enivre; les paysans le savent par expérience.
Bien que Théophraste dise ses fruits aussi gros
que la fève, il est bon de savoir que, chez les
Grecs, le mot fève signifie notre pois.

Au flanc de la montagne croissent en petit
nombre des arbres vulgairement appelés *Treilly* (34). Les uns, donnent à la femelle le nom de
Tilleul; d'autres la désignent sous le nom de
Sorbier des coliques; quelques autres enfin le regardent comme une espèce de *Lotus.* Cet arbre
est peu élevé; d'une substance presque noire;
son fruit est jaune dans sa maturité; chaque baie
est suspendue à un pédoncule, comme la cerise.
Ce fruit se mange un peu tard; mais il a une

Lothi species quædam, ut mihi dixit medicus doctissimus, ea sylva crevit pyri magnitudine, folio per ambitum serrato, parte adversa colos cinericius, bacca subnigra; amygdali amari omnino gustum semen retinet.

Abietes Pylati, quas *Sapinos* nominant, folia insecta pectinum modo et in ordinem disposita habent, pungentia dici non queunt, apice incisa modice. Abietum umbra innocua, nisi differentiam locus faciat. Ramum abietis sapinum vocari me docuit insignis physicus.

Helleborus niger, Verbascum, Meon, Alisma, Alchimila, Plantani species, *Carpinus, Fagi,* ilices montem pertinacissime onerant.

douce saveur. Les feuilles de cet arbre sont presque toujours divisées en sept parties inégales, parcourues dans leur milieu par une nervure. Je ne crois pas qu'il ait été connu de nos ancêtres.

Le savant médecin que j'ai cité, dit qu'il croît dans la forêt une espèce de *Lotus* de la grandeur d'un poirier. Sa feuille a le bord dentelé et le revers cendré ; son fruit est noirâtre et renferme un noyau, qui a le goût de l'amande amère.

Les sortes de pins du Pilat, appelés *Sapins* (35), ont des feuilles pectinées, dont les pointes, peu aiguës, ne piquent pas. L'ombre des sapins est sans danger, à moins qu'elle ne soit rendue telle, par la différence des lieux. Un naturaliste célèbre m'a appris qu'on appelait sapin le tronc de ces arbres.

L'*Hellébore* noir (36), le *Molène* (37), le *Méon* (38), l'*Alisme* (39), l'*Alchimille* (40), une espèce de *Platane* (41), le *Charme* (42), les *Hêtres* (43), les

Ex animalibus quæ per sylvam vagantur, fero-
ces apri a rusticis reformidantur : raro cervos
se vidisse rustici dicunt, nec damas. Aquilarum
et accipitrum genus frequens.

Plura sunt quæ propter loci celebritatem dici
possent : sed quod vicini montes habeant parum
prodest memorare.

FINIS

Yeuses (44), sont les arbres les plus ordinaires de cette montagne.

Parmi les animaux qui errent dans les forêts, les sangliers sont les seuls redoutés des habitants. On y voit rarement des cerfs et point de daims. Les espèces d'aigles et d'éperviers y abondent.

Il y aurait beaucoup d'autres choses à dire en raison de la renommée de ces lieux ; mais les montagnes voisines du Pilat n'offrent rien à mentionner.

FIN

NOTES

---

(1) Strabon nomme *Cemenes* les montagnes séparant les Ségusiaves des Avernes. On retrouve encore le même nom dans celui d'une petite rivière qui prend sa source à Saint-Genest-Malifaux, et se jette dans la Loire, près de Cornillon.   M.

Suivant M. Elie de Beaumont, la chaîne des Cévennes, à laquelle se rattache naturellement le Pilat, serait indépendante de celle des Pyrénées ; cependant les géographes actuels sont encore dans l'usage de la raccorder à cette dernière, par la montagne Noire et les Corbières.

DRIAN.

(2) Le stade romain était de 185 mètres 0,15.

(3) Le *Mont Pilat* est la montagne la plus élevée des environs de Lyon; il a 1,434 mètres, au crêt de la Perdrix. Après *Pierre-sur-Autre* qui a 1,640 mètres, c'est la plus haute des montagnes des trois anciennes provinces qui constituaient la généralité du Lyonnais. Sa direction principale est du N. 45° à E. 45°. Il a reçu les effets de divers soulèvements. Suivant M. Elie de Beaumont, il aurait pris un certain relief, lors du soulèvement du Westmoreland, immédiatement avant le calcaire de Dudley (silurien supérieur); il aurait atteint sa hauteur actuelle entre le portlandien et le grès vert.

Les montagnes du Pilat sont composées de roches primordiales, depuis Givors jusqu'aux environs de Saint-Genest-Malifaux, c'est-à-dire sur le versant O.-NO. On observe un micaschiste, tantôt très-quartzeux, tantôt micacé et devenant feldspathique vers la cime, au contact des granites; on a alors des masses de gneiss plus ou moins étendues.

Il est visible que le micaschiste a été soulevé par les granites qui se montrent presque exclusivement sur le versant E.-SE., du côté du Rhône. Ces granites varient de la pegmatite au granulite, près de Doyzieux et ailleurs. Le granite a pénétré, sous forme de filon, dans le micaschiste et le gneiss.

Postérieurement à l'éruption des granites, le Pilat a été injecté par des filons de quartz. Ceux-ci ont été exploités pour la galène aux environs de Saint-Julien-Molin-Molette. Ces filons contiennent divers sulfures métalliques : galène, blende, chalcopyrite et pyrite de fer.

La serpentine forme un culot remarquable, dans la commune de Roisey, lieu de Bourbourset.

Le leptimite montre aussi quelques affleurements au nord de Saint-Julien.

Enfin, une amphibolite noire et compacte, probablement la plus moderne de ces roches, forme un filon dans le granite au pont de la Terrasse.   D.

(4) Notre-Seigneur J.-C. souffrit, comme on sait, la mort sous Ponce-Pilate, en l'an 33 de notre ère. Le gouverneur de la Judée, par un honteux et coupable respect humain, l'abandonna aux Juifs pour être crucifié, quoiqu'il fût convaincu de son innocence. Ce magistrat inique exerça, en 37, des cruautés envers les pharisiens révoltés ; les plus qualifiés d'entre eux se plaignirent à Vitellius, préfet de la Judée : celui-ci ordonna à Pilate d'aller se justifier à Rome, auprès de l'empereur. En 39, Caligula le condamna à un exil perpétuel dans la province Viennoise. Il y habitait probablement au pied du Pilat, une demeure aujourd'hui ruinée, appelée *château de Ponce*. L'an 40, Pilate désespéré de ne pouvoir obtenir sa grâce, se donna la mort.   M.

Quelques auteurs font dériver l'étymologie de Pilat de deux mots celtiques : *pi*, montagne, et *lat*, large. D'autres supposent que ce nom vient de *pileatu*s (couvert d'un chapeau), parce que son sommet est souvent comme coiffé d'un nuage ; mais l'opinion donnée par Du Choul, paraît peut-être la plus probable.　　　　M.

(5) *Viriacum* ou *Virieux* est un village voisin de Pélussin, sur le versant du Rhône. Sa position est très-pittoresque. On y jouit d'une vue admirable qui se projette sur la chaîne des Alpes.　　　　D.

(6) Le *Bessat*, quelquefois improprement appelé *Bessard*, est placé sur le versant de la Loire, sur le chemin de la Grange de Pilat, à Saint-Etienne, par Rochetaillée.　　M.

(7) Cette grande forêt porte le nom de *Grand Bois*. Elle est comprise entre les villages de Tarentaise, Colombier, Rhutiange, Saint-Sauveur, Marlhes, Jonzieux et Saint-Genest-Malifaux.　　　　M.

(8) La Doyse porte aujourd'hui le nom de Dorley. Ce cours d'eau prend ses origines à la Grange de Bote et près de la Croix du Collet, et se jette dans le Gier, vers la Grand-Croix, près de Rive-de-Gier.　　　　D.

(9) C'est-à-dire mangent rarement de la viande.　M.

(10) *Bachelards*, vieux mot par lequel on désignait alors les jeunes gens en état d'être mariés. Les jeunes filles étaient appelées *bachelettes*, dénomination gracieuse,

qu'il est regrettable de ne plus voir en usage, si ce n'est parfois dans le ftyle naïf.

La Fontaine a dit :

> Adonc me dit la bachelette,
> Que votre coq cherche poulette.

M.

(11) Quand les évaporations aqueuses, qui s'élèvent de l'eau ou d'un sol humide, sont plus chaudes que l'air, et que celui-ci n'est pas très-sec, elles se condensent en partie, prennent la forme globuleuse et constituent des sortes de nuages bas ou *brouillards*. C'est par cette raison, comme l'a fait remarquer M. Fournet, qu'à Lyon, le Rhône et surtout la Saône, se couvrent de brouillards aux approches de l'hiver et pendant cette saison.

Quand l'air chaud et humide des plaines est chassé par le vent sur les montagnes, il s'y refroidit et produit le phénomène que nous venons d'expliquer.

Quant la crête du Pilat est coiffée d'un brouillard épais, c'est un signe de pluie prochaine, suivant le proverbe :

> Lorsque Pilat prend son chapeau,
> Avant trois jours on a de l'eau.

M.

(12) L'auteur voudrait-il parler de la montagne de *Boussivre*, située près de Violay (Loire) et haute de 1,004 mètres?

M.

(13) Le *Puits de Pilate* est voisin de la Grange de Pilat. Le Gier a sa source tout près du crêt de la Perdrix; mais les eaux filtrent à travers les débris de rochers, aujourd'hui plus ou moins recouverts de végétation, et ne commencent à se montrer que dans les environs de la Grange. Ce sont les débris des rochers qui ont comblé l'espèce de puits qui existait autrefois.

En descendant de ces lieux, le Gier se précipite un peu plus bas, d'une assez grande hauteur, dans l'endroit appelé le *Saut du Gier.* Il parcourt ensuite la vallée d'Izieux, passe à Saint-Chamond, à Rive-de-Gier, et se jette dans le Rhône à Givors.   D.

(14) La recherche de l'or a toujours passionné les hommes. La valeur de ce métal a varié suivant sa rareté. Quant il était à un haut prix, les orpailleurs trouvaient une récompense plus ou moins grande à le chercher dans le sable des rivières; mais aujourd'hui que son abondance l'a fait baisser de valeur, ils ne pourraient être, dans nos pays, suffisamment rémunérés de leurs peines.   M.

(15) Les orpailleurs ont souvent raison de traiter la fortune de trompeuse; car les eaux roulent parfois des grains de pyrite ou des lamelles de mica, qui ressemblent à l'or à s'y méprendre.   D.

(16) Le diamant résiste au feu, quand il est chauffé à l'abri de l'air; mais il brûle dans le gaz oxygène, et se transforme alors en acide carbonique.   M.

(17) Le lieu que Du Choul nomme *Raviser* porte aujourd'hui le nom de *Baniser;* il est situé à la cime du bois, entre la grange de Pilat et celle de Bote. M.

(18) L'abaissement de la température des sources des hautes montagnes est due, non-seulement à l'eau de neige infiltrée dans le sol, mais aussi à des courants d'air, qui déterminent une évaporation active et, par suite, un refroidissement plus ou moins considérable. Les sources semblent d'autant plus froides, que la température extérieure est plus élevée. (V. *Température anormale de quelques sources,* par M. Fournet. — *Mémoires de l'Académie de Lyon,* 1852, p. 61.) Les cailloux qui se trouvent dans ces courants souterrains, favorisent la formation de la glace, et par conséquent, le refroidissement de l'eau de ces sources, comme l'a fait remarquer M. Engelhardt. D.

(19) Du Choul, dans le passage relatif à l'électricité, semble, sans le savoir, être assez près de la vérité.

De nos jours, on sait que la terre et les nuages qui possèdent toujours leur électricité naturelle et latente, se constituent, dans les temps orageux, à des états électriques différents; de telle manière, que souvent la terre est électrisée négativement et les nuées positivement. Cet état subsiste un certain temps, parce que l'air s'oppose, jusqu'à un certain point, à la recomposition des deux électricités. Si, pendant un orage, il y a sur un point abondance d'élec_ tricité positive ou négative, l'étincelle ou l'éclair a lieu, le tonnerre se fait entendre, une certaine somme d'électricité est recomposée, et revient à l'état latent.

C'est dans ce sens que Du Choul pouvait penser que le tonnerre habite toujours cette localité.   D.

(20) Le château qui, suivant la tradition, avait été le séjour des fées, était situé au Breuil, au-dessous de Saint-Just, sur le chemin qui conduit aujourd'hui de Doysieux à la Terrasse. Cette habitation a été pendant longtemps la propriété de la famille Micol.   M.

(21) Du Choul veut ici plaisanter, sur le mot *Torro-pane*. Cochard croit que ce mot se rattache au genre de construction, à une *tour*. Peut-être ce mot vient-il de *torreo*, griller, brûler ; *panis*, pain, en raison de la noirceur de la terre.

Le château de Longes portait anciennement le nom de *Torre-pane-le7-Longes*, suivant l'auteur de la statistique du canton de Sainte-Colombe. Claude du Choul, mari d'Izabeau de la Chanu, s'en qualifiait seigneur, en 1569. A deux cents pas du château, sur le chemin qui conduit au hameau de la Durantière, est une source d'une eau extrêmement limpide, placée au-dessous d'un bois taillis, et appelée encore de nos jours *Font de Torre-pane*.

Dans un point plus rapproché des bois de Pilat, entre les villages de Doysieux et de la Valla, se trouve un hameau appelé *Touroupane* ou *Torrepane*. Il est probable que Du Choul y avait une propriété, à laquelle il avait voulu conserver le nom de son château de Longes, car il dit que sa campagne est située à l'entrée de la forêt du Pilat, et à cette époque, tout l'espace compris entre *Torrepane* et les bois actuels de sapins, était couvert par une forêt de chênes.   M.

Dans la commune de Chagnon, entre Leymieux et Saint-Genest-Terre-Noire, près Rive-de-Gier, existe un autre hameau du même nom.   D.

(22) Le village de Tartaras est situé près du chemin de fer de Givors à Saint-Étienne, il s'y trouve un lambeau de terrain houillier, détaché de celui de Rive-de-Gier. Il est intéressant d'apprendre que déjà, à cette époque, on tirait du charbon des affleurements de la couche.

Cette citation est une des plus anciennes où il soit fait mention de la houille du département de la Loire.
                                                          D.

(23) La chapelle de Saint-Sabin est située sur le versant du Rhône. Elle est depuis plusieurs siècles le but d'un pèlerinage renommé. On y va prier le saint de préserver les troupeaux des épizooties ou autres maladies.   M.

(24) En suivant l'arrête de la montagne, en partant de la Croix de Montvieux, on rencontre, sur sa partie occidentale, la Grange de Bote, peu éloignée de celle de

Pilat. Vis-à-vis de la première, du côté de l'est s'élève
un contrefort de la montagne, appelé *Roche des trois
dents*, parce que son sommet présente trois pointes ali-
gnées de l'est à l'ouest.   D.

(25) Cette chaumière était probablement située près
du lieu qu'occupe aujourd'hui la Grange de Bote.   M.

(26) *Chalcis* était la capitale de l'Eubée. Ses guerriers
figurèrent au siége de Troie. Du Choul fait allusion à cette
ville, quand il appelle *Grecs* les montagnards voisins de son
calcis.   M.

(27) Dans divers endroits du Pilat, et surtout au Saut-
du-Gier, on trouve des mers de rochers, ou ce qu'on
appelle dans le pays des *chirats*. Ces blocs, entassés les
uns sur les autres, sont dûs à la désagrégation des roches
granitiques et gneissiques. Dans leur décomposition iné-
gale, les parties sableuses sont entraînées par les eaux
pluviales, et les parties solides, d'un volume plus ou moins
considérable, constituent des amas, dont il est difficile,
au premier abord, de deviner le mode de formation.

                                                     D.

(28) L'herbe déserte paraît être le *Lycopodium lavatum*,
LINNÉ.   A. JORDAN.

(29) Gihni (Luc), médecin et botaniste italien, fut le
fondateur du jardin botanique de Pise. Ses conseils et ses
leçons poussèrent le célèbre Aldrovandi à l'étude des

sciences naturelles. Gihni était né en 1500, au château de Croara, près d'Imola ; il mourut en 1556.

(30) Le Cacalia est le *Cacalia petasites*, LINNÉ.

A. J.

(31) Milet (Claude), médecin lyonnais.

Charles Fontaine, poète parisien, lui a adressé l'épi-gramme suivante :

> Je te puis dire un Esculape,
>
> Qui fais les gens ressusciter,
>
> Puis souvent les laz (1) éviter
>
> Par lesquels la mort nous attrape.

LES RUISSEAUX. — *Lyon*, Thibauld-Payan, 1555, p. 195.

(32) L'Airelle qui abonde au Pilat est le *Vaccinium myr-tillum*, LINNÉ.

A. J.

(33) Claude Milet s'est trompé s'il a pris l'*Airelle à petites baies noires* du Pilat, pour la *Vigne de l'Ida*, LINNÉ. Cette dernière croît bien aussi sur ces montagnes, mais elle y est rare ; on ne la trouve que dans un seul endroit : ses baies sont rouges, au lieu d'être noires. Ce ne peut être la plante dont parle Milet.

A. J.

(34) Le Treilly semble être le *Sorbus domestica*, LINNÉ.

A. J.

(35) Le Sapin — *Abies pectinata*, LINNÉ. A. J.

(36) L'Hellébore noir — *Helleborus niger*, LINNÉ.

A. J.

_____

(1) Lacz ou Lacets. M.

(37) Le Molène — *Verbasum thapsus*, LINNÉ.

A. J.

(38) Le Méon — *Athamantha meum*, LINNÉ.

A. J.

(39) Alisme ou Plantain d'eau — *Alisma plantago*, LINNÉ.

A. J.

(40) Alchimille — *Alchimilla vulgaris*, LINNÉ.

A. J.

(41) L'espèce de Platane paraît être le *Pseudo-platanus*, LINNÉ.

A. J.

(42) Le Charme — *Carpinus betulus*, LINNÉ.

A. J.

(43) Le Hêtre — *Fagus sylvatica*, LINNÉ.   A. J.

(44) L'Yeuse — *Ilex acquifolium*, LINNÉ. C'est le Houx. Par Yeuse, on entend aujourd'hui le *Quercus ilex* ou *Chêne vert*, qui ne se trouve pas à Pilat.   J.

FIN DES NOTES.